Sofia

Sidney Rocha

Sofia
romance

Prêmio Osman Lins

livros da ilha
ILUMI//URAS

Copyright © 2021
Sidney Rocha

Copyright © 2021 desta edição
Editora Iluminuras Ltda.

Capa
Eder Cardoso / Iluminuras
sobre foto *Sky*, de Zoli Frodo,
extraída do site livre www.sxc.hu

Revisão
Sygma Comunicação

CIP-BRASIL. CATALOGAÇÃO-NA-FONTE
SINDICATO NACIONAL DOS EDITORES DE LIVROS, RJ

R571s

Rocha, Sidney
 Sofia / Sidney Rocha. [2. edição] - São Paulo : Iluminuras, 2021.

 ISBN 978-85-7321-315-7

 1. Romance brasileiro. I. Título.

09-6272.   CDD: 869.93
                                      CDU: 821.134.3(81)-3

2022
EDITORA ILUMINURAS LTDA.
Rua Inácio Pereira da Rocha, 389 - 05432-011 - São Paulo - SP - Brasil
Tel./ Fax: 55 11 3031-6161
iluminuras@iluminuras.com.br
www.iluminuras.com.br

Em algum lugar deve haver uma lixeira
onde estão amontoadas as explicações.
Uma única coisa inquieta neste exato panorama:
o que possa acontecer
no dia em que alguém consiga
explicar também a lixeira.

Julio Cortázar

Para Annyela

1. Fico querendo contar pra alguém sobre ela, sobre ter havido criatura tão doce quanto Sofia e falar dos seus cabelos, quando dançavam na minha frente e eu sorria. Muitas vezes, não podia me conter, então batia palmas, maravilhado, só porque Sofia se mexeu. Numa noite dessas, ficamos, eu e ela, a bater palmas um para o outro. Eu, porque ela se movia. Ela, porque eu batia palmas e Sofia batia palmas porque não entendia e adorava não entender nada. Contar isso para as pessoas é ficar ainda mais distante dela e dos seus cabelos bailarinos. Fico pensando se vale mesmo a pena. Qualquer dia conto isso. Invento outra metade. Amenizo umas partes. Sonego outras. Quero Sofia para mim.

O que estou fazendo aqui que não vou atrás dela? Porque faz muito tempo. Porque faz frio. Porque está tarde. Porque alguém achou Sofia antes de mim... Não, ninguém acharia Sofia antes de mim. Sei seguir o rastro de música dos seus cabelos no mundo cheio de mazelas. Uma vez ouvi seu rastro em plena cidade, numa tarde muito quente. Parecia ela ter passado ali recentemente. A música fresquinha ainda. Deu vontade de correr atrás. Visita de cliente às quatro. Ou pego esse ônibus ou é morte certa.

Desço e a rua continua. Entro no escritório. Não há nada aqui há séculos.

Existem dez mil razões para não correr atrás dessa estrada de música que o cabelo de Sofia larga na cidade. Nunca me convenço de nenhuma. Por isso fico aqui: cutucando o ouvido para ouvir melhor as coisas do mundo. O munda está cheio de mazelas.

Saio mas continuo. Tudo tem necessidade de continuação. Fecho a porta. Volto. Dou a segunda volta à chave. Mais tarde não lembrarei dessa segunda.

É terça, à tarde, ouvi o sambinha, parecia música para crianças, sambinha doce feito Sofia. Isso queria dizer o quanto ela ia bem nesse seu mister de nunca entender nada. Vazia de mazela, o mundo ao contrário. Sofia... O que nós estamos fazendo aqui?...

Não, eu só quero um café, digo à moça, e talvez silêncio, mas não quero incomodar com isso.

A moça não ouviu.

Ninguém ouviu.

oOo

Sumiu de casa com dois anos de idade. Pode sumir de casa alguém com dois anos de idade? Pode. Era pequena. Está provado: as coisas pequenas se perdem com muito mais facilidade. Chaves em bueiros, a moeda no precipício do bolso, endereços importantes dentro de livros. Foi pequeno, já sabe: o caminho é o desaparecimento. Inventaram um chaveiro: ele apita quando a gente o perde. Isso faz perder a graça do perder-se. Perder-se sem chance de ser encontrado é mais apaixonante. Na razão direta da importância do objeto perdido. Sofia não importava muito, daquele jeito, dois anos somente.

Por isso ninguém procurou por muito tempo. A mãe e o pai ainda bateram num lugar ou outro da casa. Assobiaram, como se faz para esses chaveiros que apitam, perdidos). Não adiantou. Já estava longe. Cantarolaram seu nome, pois sabiam: Sofia adorava se a chamavam assim, porque sempre adorou música. Não adiantou, já estava longe. E pode ir tão longe alguém com dois anos de idade? Pode. Preciso dizer que, além de não entender coisa alguma, o que mais sabia fazer era andar. Andava decidida, desde aquela idade. Tinha os pés macios, macios, finos, finíssimos, parecia caminhar sobre almofadas o tempo inteiro. E o mundo ao contrário.

Eu poderia descer a pé e seguir pelo outro lado, mas de ônibus é mais seguro. Se o motorista decidir mudar o percurso é responsabilidade dele, podemos questionar, esbravejar, reclamar na especializada. Mas se eu mudo o meu percurso e me perco, não há de quem reclamar. E isso é triste. Seria o fim.

Tudo em Sofia sempre teve gosto de epílogo. De fechamento. De síntese. Cada passo era uma chegada. Quando o pé cruzava o outro, caminhando, era como acabassem de chegar ao lugar certo. Isso fazia a gente se sentir bem. Como acabássemos de receber uma boa visita. Sempre parecia estar andando ao meu encontro, com seus cabelos que dançavam. E andava muito Sofia. Por isso sempre falava do mundo cheio de mazela. Percorrera o mundo inteiro, esse mundo ao contrário, cheio de mal, e Sofia cheia de mel, tão doce era.

Perguntei por qual razão gostava tanto de andar, desaparecer andando, desde os dois anos. Ela respondeu, daquele jeito, com as palavras descendo feito criança por escorregador de parque:

"Porque."

E mais nada: Porque. Fiquei sem entender nada daquilo e ela sorriu, de feliz que ficou.

Depois disso, me pediu para cantar qualquer coisa.

— Não sei cantar.

Sofia foi gentil, não fazia mal, estava tudo bem, amenizou. Seus cabelos se moviam, e dançavam.

— Não há música, como podem esses cabelos dançarem, Sofia?

"Sempre há", disse. "Sempre há."

E fez reverência com a cabeça, tipo artista no teatro, ao final do espetáculo. Claro, só pude bater palmas. Calorosas. Tivesse serpentinas, teria lançado sobre ela. Feito festa, de tão bom isso foi.

Tendo andado o mundo todo, tendo visto as marmotas todas, Sofia já andou até mesmo por outros tempos. Só isso explica as coisas que, de vez em quando, comentava:

"A gente vai andar sem pisar no chão."

Ou:

"...vai ter tempo de ninguém precisar mais comer. E vai falar sem mexer a boca."

Esses chaveirinhos mesmo, Sofia já tinha dito:

"...ao se perder, é só assobiar a musiquinha e pronto, aparece."

Só depois inventaram.

E se eu dizia para ela o quanto isso ou aquilo não existia, tal ou qual coisas não existiam em canto nenhum do mundo, ela ria muito. E respondia:

"Sempre há, sempre há."

Sofia adorava responder desse jeito a todas as coisas: sempre há.

o0o

Quando desapareceu e seus pais bateram os minúsculos lugares da casa e assobiaram e cantarolaram seu nome e não a encontraram, tinha outro nome. Eu, quando a encontrei, bem mais tarde — ela já era mulher feita — dei esse nome para ela. Ela agradeceu muito. Ficou feliz. Pediu, então repeti: Sofia, Sofia, Sofia, até ela adormecer. Por que Sofia? Porque. Desculpe, se fico assim, sem fazer nada, fazendo cera, fico até respondendo como Sofia responderia.

Escolhi Sofia porque o nome me tomou a cabeça vendo-a, assim, olhando para mim daquele jeito doce, os olhos espantados quando perguntei seu nome.

"Precisa?"

— Claro, precisa — respondi — todos têm pelo menos um nome.

"Pra que precisa de nome?", me perguntou.

— Sei lá, sei não... Pra chamarem pela gente, se a gente está perdido, Sofia, Sofia, Sofia... Quem de nós está mais perdido agora, Sofia?

Também por conta do nome me parecer lufada do vento: é como se parece Sofia. Explico, ainda: esse nome tem de ser pronunciado assim, ventania, para se parecer ao máximo com a Sofia que quero para mim.

Como se o vento embalasse seus cabelos, e eles dançassem.

Que ventos a trazem? Ela olhava para trás e parecia responder com os cabelos bailando: ela era o próprio vento. Hoje não sei qual tsunami a levou, assim, assim, pelo mundo, pelos tempos, qual ventania poderá trazê-la de novo, eu mesmo não sei quando. Se quiser pronunciar Sofia, tem de ser assim, a ventania saindo de dentro de você. Ou soprando o nome ou assobiando forte, na esperança de Sofia aparecer. Só assim se entenderá nome tão doce quanto Sofia.

"Precisa mesmo de nome?"

— Precisa, claro.

"Então precisa", ela disse.

Foi quando adormeceu. Eu estava para contar isso a você. Mesmo dormindo, parecia ouvir música. Às vezes, sua boca deixava soltar o sorriso leve que, de tão doce, a gente tinha vontade de chorar de inveja, por não saber sorrir daquele jeito.

Agora, os ônibus andam entre as faixas azuis, às terças e quintas. Os metrôs se guiam pelas amarelas, as bikes seguem pelas vermelhas, até às dezoito horas. O mundo está organizado, mas tanta informação não organiza nada, porque aos domingos algumas coisas mudam. Sinto-me perdido. Por qual faixa sigo? Laranja, roxa, cor-de-rosa. É, é oficial: estou perdido, Sofia.

Não, não é desse jeito que se diz Sofia.

Preste atenção: Sofia. Entendeu? O nome tem de ser dito para dentro. Como se o nosso espírito estivesse cheio de felicidade, mas de tal forma tão cheio de felicidade que quando a gente abre a boca, só escape lá de dentro isso: Sofia.

Convém dizer rápido, adiantar a cabeça à frente para engolir o nome (enquanto ele está a alguns centímetros da boca, suspenso no ar), e engoli-lo de novo, para não se perder para sempre.

Aí se nota: a gente está estourando de felicidade. A gente está quase Sofia.

Sei entender cada espetáculo dos seus movimentos, sei acompanhar essa música que só ela ouve acompanhando o balé dos seus cabelos, sei segurar seu sorriso baba de mel caindo no chão.

Sei tanto de Sofia. Essa parte sonego, me entende? Essa parte me faz chorar. Qualquer dia conto isso. Por enquanto, tome as partes que amenizo, escamoteio. As partes que invento. Vento. Sofia. Isso deveria estar escrito no dicionário como sinônimos. Mais: bastava escreverem Sofia para todos entenderem: o ar em movimento.

A mulher passa. O homem passa. O automóvel. Não preciso de nada, digo ao homem, um jornal, por favor, digo à mulher. Ela me dá o troco. Não confiro. Seria como dizer: "Não confio. A senhora não é de confiança". Isso não faço. Um passo a mais e o automóvel. Corro. É preciso estar atento, de todo modo.

Deixar a alma livre. Suspensa. Pensar se vale mesmo a pena contar isso sobre Sofia, enquanto ela vai ficando longe, cada vez mais distante. Às vezes, fico imaginando aquela voz de brisa me dizendo:

"Conta não."

Então me deixa aqui, equilibrando os sapatos cheios de pés sobre a mesa, pensando pra ver se ela volta com seus pés-de-vento, a rajada inundando esta sala de um jeito que, quando se abra a porta, só possa escapar do recinto ela, Sofia, e eu corra, a agarre pelos cabelos antes de ela alcançar o tapete no batente, a abrace morto de saudade e a beije bebendo o vento lá de dentro de Sofia. E a sala fica assim, do mesmo jeito o quanto fica a gente ao dizer seu nome, Sofia. Por isso, a maior parte eu construo, dissimulo, faço se perder, para se tornar mais apaixonante ainda.

As lembranças cabem em qualquer escaninho, todas são pequenas. Endereços importantes se perdem dentro dos livros. Arquivos desaparecem das pastas para nunca mais. As lembranças se tornam imensas, insuportáveis, de tão grandes, quando a gente toma consciência delas. E se fica lembrando. Olho no teto. Parece que a gente vai morrer. Ou já morreu faz tempo. Porque faz tempo. Vai ver por isso não me levante agorinha mesmo caçando vestígios de Sofia nas avenidas, nas longas estradas, no amanhecer e no fim do dia, apurando os ouvidos para entender o rastro de música no ar. Porque faz tanto tempo.

Sofia diria:

"Sempre há tempo. Sempre há."

Mas é impossível ser igual a ela. Senão, eu iria.

Eu sou meio covarde, Sofia. Todo mundo o é.

Essa é a razão maior de esconder os segredos dos modos de encontrá-la na cidade. Não quero que achem Sofia antes de mim. Fico imaginando se tenho esse direito sobre mim mesmo. O de adiar Sofia.

Se é bom? Deixa ver como respondo: Sofia parece resultado de mágica, mesmo dessa forma, lembrança, fio de gelatina, geleia de córtex. Imensa, inconcebível. Suspensa.

Andando sem pisar no chão. Caminhando sobre almofadas. No meu pensamento. Dizendo tudo sem mexer um só músculo da boca, quando desprega sorrisos e adormece. "Conta não."

Conto não. Quero Sofia para mim. Qual direito tenho de me apoderar assim do seu destino, sonegando seus caminhos para os outros? Fico me perguntando isso o tempo inteiro. Tenho dez mil razões para isso também. Só uma me convence ou me conforta: eu te amo, *minha* Sofia, inventei teu nome e invento o resto só para despistar qualquer pessoa, sou covarde para muito mais, me perdoe.

oOo

Leio o jornal e me lembro de ter lido no jornal que, certa vez, li no jornal o quanto foi extraordinária a apresentação da orquestra, no parque central.

Minha memória flutua e me sento no banco. Tenho tempo ainda. E continuo me lembrando. Havia a foto dos músicos enquanto executavam Vivaldi. O maestro tinha os cabelos banhados de vento. Entrevistado, disse aquela ter resultado na apresentação mais perfeita da sua vida: "Não sei, este parque parece ter acústica especial. Se pode notar as partículas do ar vibrando, aqui. Nunca tocamos tão bem assim."

Sofia está sempre esperando algo. Sinto isso. Se você não entende, imagine Sofia: ela não entende nada, nunca entendeu nada e adora isto: não entender coisíssima alguma de nada.

Mas deixe-me voltar ao ponto de quando ela adormeceu. Penso poder contar bem menos sobre ela a partir desse ponto, pois se avanço, termino falando demais sobre ela e ela fique mais distante ainda.

Como era mesmo? Ah, o sorriso escapando dos seus lábios, era isso.

Posso lembrar daquele sorriso de infinitas maneiras, mas prefiro dizer: aquele sorriso era onda em ascensão de ondas em sua boca de mar. Soubesse escrever bem, escreveria um romance sobre o sorriso de Sofia. Talvez faça isso. Gostando tanto de música, vai ver se deixasse prender nesse romance, perdida dentro dele, endereço importante perdido, e ficasse nas páginas, andando, andando, bem longe desse mundo tão cheio de mazelas. E Sofia ao contrário. Um romance ao contrário, escrito para dentro, é como prefiro Sofia, covarde que sou. Quem poderá ser tantas vezes mais perdido? Chave num bueiro. Cadeado fechado, perdido. Prendê-la a cadeado dentro de mim. A correntes. Qualquer dia escrevo esse romance para não dizer nada de Sofia.

Ah, lembrar daquele dia, quando saímos pela cidade, sem relógios, sem compromissos, sem? Você deveria ter visto. Sofia me ensinou a dizer palavras impossíveis em qualquer língua, mas palavra-música para os cabelos. Sentamos. Era quase noite. A boca não mexia, uma colagem no nosso rosto, tão inerte, tão inútil, precisava ter visto. E, mesmo assim, lá estavam as palavras. Elas eram um tinido dentro do ouvido. Dentro de mim. Roçavam a orelha e entravam. Foi a minha primeira vez, quando falei o quanto a amava. Era toda minha vida.

— Ensine a dançar o cabelo igual o seu, Sofia.

"Ensino não."

E não ensinou mesmo, nunca. Mas fez balançar ao som de Vivaldi o cabelo do maestro. Coisas dessas não entendo em Sofia. Por que isso? Porque. Só assim se responde.

Nesse dia falei pra Sofia do quanto a queria pra mim. Seu corpo inteiro. Inteira, Sofia. Quero você inteira. Aqui mesmo. Imensa. Disse coisas que prefiro não repetir agora. É fácil presumir o quê? Pois se engana. Nem ela entendeu. E nós ficamos felizes por isso. Fique você também não--entendendo, é bem melhor — porque não dá pra sentir Sofia, a *minha* Sofia de cabelos dando choques leves, sem conhecer a mim mesmo, disso tenho certeza.

Então, em algum momento eu precisarei seguir. Estou sentado ainda e o sol queima. O vento leva para longe o jornal. Um poeta veria gaivotas. Eu vejo a vida.

Posso calçar os sapatos, agora. Não lembro de tê-los tirado. Faz calor, mas a grama é fria. Fico feliz de reconhecer meus pés. Parecem gatos. Tenho pouco tempo pra eles.

Quero contar sobre minha pessoa, algo fundamental nesta história toda. Por enquanto, só se sabe o quanto sou um covarde. E que tenho o vício de cutucar o ouvido com palito. Mais nada. Ah, e que, com ela, certa vez, falei, sem abrir a boca. Naquela vez, quando aproveitei para dizer o quanto a amava muito. Era minha vida. Inteira.

Não acho nada demais se as pessoas ali na frente preferem os celulares à paisagem, ao sol ou à lua. Elas estão interessadas em viver o tempo todo. Ao máximo. Falam isso. Escrevem isso nos aparelhinhos, famélicos: fome de viver. Sem parar. Quantos dedos têm? Não penso mais neles. Não é correto pensar tanto assim nos seres ausentes.

Não me sinto à vontade se me analisam. Não há fuga nenhuma em querer falar de mim, em vez de continuar falando de Sofia.

Ouvi você sussurrar: "Sempre há", por entre os dentes? Foi impressão? Ainda bem. No entanto, se tivesse dito, teria dito certo. Há uma razão, vou contar, a seu tempo. Prefere quando falo sobre ela? Pois bem, não estou fazendo nada mesmo, só fazendo cera...

Dei alguns presentes a Sofia, enquanto estivemos juntos. Todos eles estão lá em casa, costumo pô-los sobre o móvel e dormir olhando para eles. Sete dias por semana lembro delas os recebendo.

"Precisa?"

— Claro, Sofia, quem se gosta, dá presente.

"Eu te ensino a fazer o cabelo dançar."

Nunca ensinou. Tem a caixinha de música.

— É sua, minha Sofia.

Era redonda, brilhante, vidro. O casal dançava quando a gente apertava o botão.

— Está ouvindo essa valsa, Sofia?

"Estou, mas os bonequinhos estão dançando outra música, está ouvindo? Tão linda..."

Estou não. Tão linda, tão linda, Sofia. Hoje o casal não dança mais, quando a gente aperta o botão de vidro. Há oficinas especializadas nesses consertos, hoje em dia. Qualquer dia, levo lá. Não. Deixarei onde está. Sobre o móvel, sem musiquinha tão de vidro que quebrou.

O último presente foi o chaveiro. É, desses de tocar música quando a gente os perde e assobia para eles. Desses sobre os quais Sofia tinha me alertado, antes de os inventarem, de fato.

É o único presente que não está comigo.

— Pronto, desse jeito nunca vou te perder, meu amor.

"Tem isso não" — respondeu, tristonha. "Tudo se perde. Tudo seca. Cera seca. Gente seca. Água seca. Tudo desaparece. Até amor seca. Se perde. Se some."

Ficou calada o resto do dia.

Posso comer ali em frente ou mais adiante ou mais atrás ou não comer. É preciso um plano, uma trajetória, ninguém pode ser uma bala doida. Sem um objetivo, você não é nada, disse o pássaro, o avião, o revólver, todo mundo sabe disso. Não comerei.

Depois quero contar de como a gente é fraco. De vidro. Caco, de repente. Fazendo o quê, aqui, tão fraco a gente é? Nada. Fazendo cera. Cutucando o ouvido com o palito pra ver se escuto melhor as coisas do mundo. Esse mundo tão duro, tão vazio.

Não é por nada, não seria melhor parar por aqui? Coisa rápida.

Essa parte me faz chorar.

Daqui a pouco serão quatro. Cliente às quatro. É sempre isso. Sempre há cliente às quatro. A três por quatro. Não se iluda nunca: sempre houve. Sempre há. Sempre haverá. E a gente feito caco. Brilhante. Sempre.

2. HOJE MESMO, ACORDEI COM VONTADE de compor música para Sofia. Uma canção que falasse dos seus cabelos bailando, bailando, dos seus lábios fazendo escorrer mel em sorrisos. Caso soubesse — e soubesse bem —, essa coisa eu faria. Vai ver ela gostasse.

Algo posso lhe contar, sem dizer muito sobre Sofia. Sente e ouça.

Os presentes dos quais Sofia mais gostava eram os pequenos. Os que pudessem caber na mão fechada. Adorava poder senti-los na concha das mãos. Admirava--se com a enorme variedade de objetos possíveis de se esconder na mão fechada. Invólucro de pele. Ventre de dedos.

— Tenho medo, Sofia — pequenos demais. Não custam a se perder.

Ela parava, abria a mão com o minúsculo presente: "Ainda bem."

E se desatava em riso, em giros pela sala, as mãos em concha. Berço de mãos.

Qualquer coisa pequena: clipes coloridos, botões de paletó, tocos de lápis. Dava valor aos ínfimos, aos pequenos, insignificantes. Gostou do chaveiro. Era colorido, no formato de radiola de fichas. Mas não o queria atado a si. Nem a nada. Por isso ficou triste. Não falou mais nada durante o resto do dia.

— Assim nunca te perco, meu amor.

Meu trabalho é simples. É tão simples que o faço há séculos e ele não muda. O que está no lugar, mantenho no lugar. O que não está no lugar, mantenho fora do lugar. Algumas vezes isso se confunde. Então pego o telefone e ligo. Eles são gentis e em vinte e quatro horas mandam o consultor. O consultor encaminha o técnico, de modo que um nunca encontre o outro, porque isso fatalmente os deixaria perplexos, e não saberiam como lidar com o fato. Seria preciso agir o interventor. Mas isso é igual ao metrô parar. Cortarem a força. Cair a rede. Esquecerem um pacote no aeroporto.

Você é o técnico? Você diz que sim, e isso o coloca diante de mim: você onde deve estar, eu onde estou. O trabalho é simples.

Não sei onde. Aquele chaveiro não está comigo.

Presentes grandes tinham lá seus encantos, porém Sofia não se detinha muito tempo a niná-los nas mãos ou a tocá-los. Já os pequenos, ficava olhando para eles. Depois de certo tempo, fechava os olhos. Ficava bom tempo assim, de olhos fechados. Abria-os de repente.

"Ainda estão aí?"

Era como se brincasse de esconde-esconde com os clipes coloridos. Tocos de lápis. Botões. Esperava que, ao abrir os olhos, não estivessem mais lá.

— Se ninguém toca neles, Sofia, de qual jeito poderiam se perder?

E ela, de olho neles:

"Engano, já não são os mesmos desde que fechei os olhos. Perderam algo de si próprios, nesse tempo."

Dizia também seus olhos terem perdido algo deles, enquanto estavam fechados. Algo deles. Algo neles.

"Tudo se perde. No mínimo tempo. Tempo, no mínimo."

Ouvia essas coisas e tinha ganas de invadir seu corpo. Sair revirando-a por dentro para ver de onde vinham. De outros tempos. Só isso explica.

A gente sempre está perdendo algo de alguém, algo para o outro — sei disso só agora. Quando me dizia isso (com a naturalidade de quem visita todos os lugares deste mundo), eu julgava não entender. Hoje, não é diferente. Entender não é sentir.

Hoje, sinto. E, sentindo, estamos presos ao mundo, (a um mundo indefensável, onde desejos e lembranças se confundem). Sofia costumava dizer: essa a parte na qual se prova o amor às coisas. A tudo de que se gosta de verdade. Ela se habituara a ir perdendo, disse. Uma coisa aqui, um botão ali, andando, andando.

— Como se anda assim, Sofia, que parece o vento chegando?

"Eu te ensino."

Nunca ensinou.

"Antes de andar, tem de saber perder."

Não sei bem ainda.

Por isso tem partes onde estarei chorando, enquanto falo isso para você.

Tempo. Já faz muito tempo. Preciso dele para revirar essa cidade em busca de Sofia. Nos parques. Veredas de música na grama dos jardins. Quem perdeu mais um do outro, um para o outro, de nós dois, Sofia?

oOo

Estava a mosca no seu lugar. Veio a aranha lhe fazer mal. Diz a cantiga de roda minha infância. Infância? Preciso pensar em palavras assim, antes de dizer. Dei duas voltas na chave? Peguei o ônibus. Andei até a banca, comprei, paguei, desconfiei, li o jornal, a gaivota do poeta voou, calcei os sapatos dos quais não lembrava de tê-los tirado, subi até o escritório. E parecia a mosca no seu lugar.

Parecia. Peguei o telefone, liguei, aqui está você. E você não entendeu? Algo está errado, tenho certeza, senão eu estaria aí, e você aqui.

Passados são aranha.

Não falávamos, agora há pouco, de música?

A gente vai conversando e, quando menos se espera, perde o fio da meada. E feio a velha a fiar. A gente está sempre perdendo algo, Sofia tem razão nisso.

Ela tinha um amigo de quem gostava de verdade. Aliás, eu e ele — afora três ou quatro pessoas — e nisso ela incluía gentes, bichos e algumas comidas —, éramos as mais importantes, ela disse. O amigo tocava vários instrumentos. Era bom mesmo ao piano. Estudou em conservatório etcetera. Já Sofia, jamais estudou música, nem coisa alguma, creio.

Sofia falou:

"Dentro de cada nota tem uma porção minúscula de componentes. A nota musical é um som ordenado, e, quem pode sentir isso, pode compor uma sinfonia inteira".

Isso não sei. Precisa ter dom.

"Não precisa", ela dizia.

Uma nota sozinha, uma sinfonia. Cada coisa Sofia inventa.

Sabia dar valor ao universo mínimo e íntimo das coisas.

Beethoven foi quem mais soube disso, continuou falando. Quando ficou surdo, mais ainda. A música vem de dentro, explicava com os cabelos de fim de ato deixando entrever as palavras saindo, em bolhas, pela boca. As consoantes, as vogais — as vogais foram aprimoradas para a arte do canto, ela disse. Música de dentro. Romance para dentro. Sofia minha para dentro. Essa ventania indomável. Por isso, os presentes pequenos agradavam mais. Podiam estar, mais fácil, dentro de algo. Dentro do nicho quente das mãos de Sofia, por exemplo.

Adorava as músicas escritas em partitura. Mas amava as perdidas pelo caminho, eram importantes no processo. Eram igual ou superiormente belas. E se perderam. Nisso são superiores às dos pentagramas registrados.

Sinto inveja daquele músico. Ele tocava todos os instrumentos do mundo, ela falava, vez ou outra. Deve ter composto música para ela.

Eu nunca escreverei música, nem poema, nem romance, nem nada.

"Antes disso, ouça *sua* própria música. O resto vem com o tempo."

Também não acha muito provável ele ter composto algo para ela? E de ela ter gostado? Quem sabe ele a ache antes de mim...

Não.

Prefiro nem pensar nessa possibilidade. O extremo da fuga. A covardia. Entre mim e Sofia há coisas além da simples partitura. Por isso ninguém, antes de mim, a encontrará. Só eu sei o caminho. Só eu te acho, Sofia. Quero demais Sofia pra mim.

"Perder é se livrar. Tem de aprender isso. Senão, não anda. Fica parado. Seca mais rápido. Saber andar é resultado de saber se livrar. Anda melhor quem está mais livre. Pesa menos." Parece pisar em almofadas fofas, de seda, neste mundo ao contrário. Quem anda assim parece sair fogo pelos dedos.

— Desses meus dedos ainda sairá fogo, Sofia?

"Sim..."

— E música, Sofia, tem como sair música desses meus dedos?

E nos abraçamos, porque eu estava apavorado. Com medo. Nossos corações batendo, fazendo música.

oOo

"Tem de saber perder. Se livrar."

— Precisa mesmo, Sofia?

"Precisa, se a gente quer realmente andar."

3. Pois quero lhe dizer alguma coisa mais: tem passado por minha cabeça a possibilidade de Sofia dizer essas mesmas coisas tanto para mim quanto para o músico e, quem sabe, para tantos outros mais, pois, andando por este mundaréu, ela pode ter encontrado tantos e tantos, de perder a conta.

O mundo é dos bem-educados. Dos bem-sucedidos. Conheço poucos, mas eles sempre estão por aí, livres. Estão mais embaixo, nos conversíveis, mas há também os carrões da altura dos ônibus quase. Sofia deverá ter conhecido caras assim. Você pode até imitar os gestos deles, comer nos lugares onde eles comem, transar com as mulheres deles, mas ser livre tanto quanto eles, ah, isso é impossível. O senso de liberdade vem de pai para filho. Se não está entre os bem-sucedidos, sua liberdade não serve, é defeituosa, eles dizem. Eu não poria isso no formulário, se fosse você.

Mas quanto isso importa, os bem aventurados, se Sofia falando me tocava tão lá dentro a alma e me deixava tão perdido, a ponto de nem eu nem falar mais conseguir? Nada mais tem importância, compreende?

Quanto eu daria para sentir aquelas palavras cutucando meus ouvidos agora, tivesse ela repetido isso aos milhares ou milhões de outros.

Não que não doa pensar nisso. Pensar nessa possibilidade é ainda a forma de lembrar Sofia apontando os olhos para mim, seus olhos abrindo frestas no seu cabelo sobre o rosto, acertando dentro de mim com seu tiro de luz, dizendo:

"Nada disso importa."

Em algum momento, desço do ônibus uma parada antes e compro as flores. A moça do jornal corre e me entrega o troco. Digo para ficar. Não tem importância. E levo o buquê até o local indicado com a seta. Não leio o nome, não busco explicações e, se não é um sonho dentro de outro sonho, vejo meu rosto de criança olhando os nomes dourados, as palavras eterna e lembrança. Deixo as rosas ali. Antes de sair, vejo germinarem entre as pedras, e desejo uma chuva fina e uma chuva fina cai. Acordo e é hora de pegar o ônibus. Não penso no sonho nem no sonho dentro do sonho. Nada disso importa.

Eu dizia: por isso não importa ter sido o único ou o milionésimo a quem Sofia presenteou palavras igualmente doces. Mas só para mim ela falava tão fundo, era o derradeiro ar de quem se afoga, sem tempo para mais nada, por isso tem de tomar todo o ar do mundo. Sofia é esse ar para dentro, eu a tomei por inteiro, mas escapou, para hoje caminhar pela cidade, largando música nas ruas, nos parques, no metrô. Daí, fico me perguntando por quê, Sofia, por quê, se dentro de mim há menos mazela, se podias estar mais segura aqui, se eu podia tanto te proteger deste mundo tão ao contrário?

Quem sabe assim, trancada nos pulmões, Sofia não seja vento. Só ar comprimido. Sem serventia. Palito na caixa. Torácica. E tenha mesmo de andar, andar, andar, em sua profissão de fazer ventania para os cabelos dançarem. Regerem orquestras, Sofia. Deixo esse ar se largar no mundo, ganhar rumo desconhecido.

Como quem sabe perder.

Eu não sei.

Nem sei mesmo se vale a pena.

oOo

Jamais houve, nem há, nem nunca haverá de existir alguém igual a Sofia. Pode escrever isso. E, caso tenha habilidade com as palavras, pode escrever todo o resto: não levo o mínimo jeito. Engulo as palavras, tropeço na gramática. Em especial, sou péssimo com verbos. Nunca consegui decorar a diferença entre ratificar e retificar. Expiar e espiar. Termino espiando a culpa alheia na intenção de expiar as minhas culpas.

Ou será o contrário?

Pego as pastas. Coloco as azuis no escaninho do elevador. Aperto o botão e a maquinaria faz tudo subir para os andares acima, muito acima. Fico feliz. Se o elevador desce, fico desnorteado. Perco o dia. As pastas terminam por voltar anos depois, dos andares lá debaixo. Não é justo. Fiz minha parte. E estava correta. Fiz a parte dos revisores, até. Revi mil vezes os procedimentos. Você pode conferir. Não é justo. Quando elas voltam, não sei mais se são as mesmas. São. A gente sempre esquece, aqui.

Esse é o problema: de repente, começo a me lembrar.

Do nada, as coisas parecem ter um fundo falso, algo vibra dentro delas, se chocalhamos bem e se estamos dispostos a ouvir de verdade.

Dizendo assim, ao meu jeito, entredentes, não faz a menor diferença. Escrevendo, meu Deus! Sobremaneira, sou ruim ao conjugar o verbo perder. Consigo conjugá-lo em todas as pessoas, menos na primeira.

Já Sofia tinha tendência natural a se perder. Desde pequena. Quando os pais procuraram nos armários da casa, embaixo da cama, duas vezes dentro do piano de cauda — Sofia sempre teve essa mania de se embrenhar dentro das coisas.

4. Deixe tudo isso estar assim, sem ser dito de um todo. É como quero e preciso. Pudesse listar tudo o que sinto, (às vezes é violência de tentar explicar o inexplicado), ainda assim seria vago. Palavras borbulhando num dicionário ao fogo. Estalando, de tão secas. Qual a razão de tantas palavras, se nenhuma consegue?

Tudo é admitir que tudo seca. O amor some e seca. As palavras já nascem quase secas quando tentamos dizê-las.

As pastas vermelhas são para os fiscais. Eles chegam, olham uma a uma e não encontram anormalidades.

Elas descem pelo elevador e as mantenho por anos na mesa para eles. As pastas são preparadas por gente que era fiscal antes e entende todos os truques: são os corregedores.

Todo fiscal sonha ser corregedor e todo corregedor, auditor e todo auditor, desmembralizabargarizador. É o grau máximo. O último andar. É a peça mais detestada do jogo, e a mais desejada.

Mas isto está certo, tudo está no lugar correto quanto a isso.

Os fiscais fuçam, mastigam, alguns têm lentes poderosas nos olhos e não encontram nada. Eu ligo o ventilador, eles desligam. Eu acendo as luzes, eles apagam. Depois rosnam e vão embora. Da porta, me acenam.

Tchau, hasta la vista, good bye, au revoir, ciao.

Eu digo adeus.

Tenho vontade de falar: "Ei, vocês não notam o quanto estão perdendo tempo? Serão as mesmas pastas no mês que vem".

Cada um usa o tempo como bem quer.

E, afinal, perderia meu tempo: eles sempre mandam novos fiscais.

O tempo tudo exonera. O amor, a infância, o desejo, o que pretendem dizer mesmo essas palavras? A infância é memória, mas precisa da palavra memória para existir. Consigo entender o agora do presente, a carne do presente, mas passado e futuro são palavras vagas demais. Todas dependem da palavra existir.

O tempo, tudo.

Quais palavras poderiam nomear meu desânimo naquela manhã de sábado? Eu havia acordado vitimado dessa tristeza de quando a gente descobre a inutilidade de todos os discursos e as tentativas de abrir a boca para dizer qualquer coisa. Era a falta de Sofia em mim, contudo isso não diz nada ou, *grosso modo*, não explica meu estado de espírito naquela manhã. É sempre aos sábados, quando todo o corpo estala nessa sequidão e ressaca das noites de sexta, que me pego assim, a um passo de vomitar o mundo.

o0o

Naquela manhã, perambulei ermo pela cidade erma. Revisitei becos sujos, cheios de gente. Cheios de mazela. Andei funâmbulo entre as poças sujas. As poças de pessoas iguais.

Todos têm um dia assim.

Os covardes com mais frequência.

Eu, aos sábados pela manhã. Você, quem sabe, aos domingos à tarde, quando o mundo parece ir ruindo de dentro para fora.

Resumindo: toda a gente teve um dia igual àquele sábado em que fui parar na cadeira do barbeiro. Esperei minha vez. Sentei. Pelo espelhinho redondo o homem gesticulava. Era maestro regendo com tesoura, pente, depois o enorme secador. Cabelos sobre o avental branco de barbeiro.

— Como faz para os cabelos dançarem, Sofia?

"Qualquer dia te ensino."

Nunca. Sofia falava pelo espelho enquanto eu guardava o sábado preso à garganta. Para provar não ser mera impressão minha existir.

Ou desejasse a neve do creme de barbear circundando o queixo e inundando as faces, feito o toque de Sofia em meu corpo, a carícia decisiva da navalha nos lugares inalcançáveis. Ser tocado, só para confirmar ser de alguma serventia nesse mundo. Todos tiveram um dia assim.

Assim como os presentes sobre o móvel.

— Se ninguém os toca, Sofia, como podem se perder?

Vivia dizendo que nada disso valia.

"Tudo se perde. Tudo seca."

É verdade.

Pois componho esta história de Sofia dentro de mim, toda-ventania, para parecer coragem (mas não é), um relato onde todas as coisas têm o único e definitivo caminho: perderem-se.

5. DEFINITIVAMENTE, CERTAS COISAS AJUDAM. Inventar é uma delas. Já nascemos inventando, tendo necessidades, dando significados às carências inventadas, alguma razão para nos sacrificarmos. Não lhe parece uma grande brincadeira? Digo: não lhe parece tudo estar disposto feito regras ditadas por crianças brincando, a quem tudo diante do mundo é sério, vital, inadiável? Sobretudo quando se fala do que se passa dentro de nós. Sofia, por exemplo, é só esta sensação dentro de mim e, porque sou gentil, dentro de você, gente na qual confio. Do mais, tudo caminha à insignificância, pode ter certeza disso.

A contabilidade nunca erra. Em algum setor goza a memória completa. As máquinas têm recordações. Os computadores se lembram de quando eram pássaros e podem se sonhar dinossauros.

Eu sigo as linhas. Desço, linha azul, avanço, linha amarela, seria bom se nada disso mudasse, nunca. Mas agora essa novidade: as coisas moventes. É preciso pôr tudo no santíssimo lugar, para não perdermos tempo achando que podemos. Daí, abri o chamado.

Sofia dizia ser incrível inventamos tantas ocupações com o intuito inconsciente de desperdiçar tempo. De não viver direito. De contrair dívidas tanto quanto gastrites, para depois desperdiçar tempo com antiácidos. Desperdiçar...

Foi ela quem me ensinou a diferença básica entre um verbo e outro. Ela me disse o quanto perder é diferente de desperdiçar: isso quer dizer: jogar fora algo de que você não goste ou não entenda como se move. Empurrar com a barriga. Já perder é mais ou menos igual a não pensar sobre. Deixar algo se guardar nalguma parte da alma, à nossa revelia, mas docemente.

Comer é a forma mais clássica de desperdício.

"Vai chegar tempo de a gente não vai precisar", dizia. "Não pela comida em si", explicava, "mas pelo prazer de se ver abastado, pleno, a barriga é a medida do mundo."

Tudo é uma grande brincadeira, um jogo de acúmulos...

Por essa razão, invento certas partes de Sofia, tendo inventado para ela um nome e ela, talvez, inventado em mim esta sensação de haver algo maior neste mundo tão cheio de mazelas, de antenas, de clientes. E tenha inventado em mim essa certeza de sua própria existência. A certeza do 'sempre há' de Sofia. Vou lhe repetindo isso, pois confio em você. Sem mesmo ter digerido isso direito.

Ganhou o mundo. Tenho de lembrar, quando a encontre outra vez, de fechar todas as janelas da casa, de prendê-la a cadeados. A correntes. Aro e correntezinha do chaveiro não bastaram.

"Tem isso não."

É, Sofia, tem isso não. Falo assim, pois, em definitivo, certas coisas ajudam. A tristeza desce mais fácil. Iludida pelo doce desperdício de falar. Falar qualquer coisa.

Quisera ter entendido desde o princípio sua missão era ir sumindo e não ser conquistada. Ter sentido o quanto Sofia é mais dimensão ou grandeza ou mesmo criatura, pessoa.

Tenho sonhos claros, agora.

Chego.

Trabalho.

Visito cliente.

Volto.

Não lembro do resto. Mas daí o técnico está na minha frente. E as pastas estão aqui, vermelhas, azuis, o carrossel, o elevador. Algumas horas, o técnico é você e tudo está bem, pois chamei você.

Noutras vezes, o técnico é um homem de nariz pontiagudo sob a máscara branca. Ele vem da sala banhada da luz azulada, lava as mãos com o gel se senta e está prestes a dizer péssimas notícias.

Mas aí lembro do ônibus, do buquê, da chuva fina. E quando volto da lembrança, estou em casa. Mais um dia passou. Como eu desejaria a realidade ser sonho e tudo ficar no lugar onde tudo é.

Nosso desejo sozinho não muda o mundo aqui fora. Por que seria diferente?

Porque. Porque vai chegando a tarde. Aqui nesta sala, sou o mesmo da cadeira do barbeiro, num sábado monótono. Mas sou menos. Suo mais. Sem espelho nenhum onde caiba o rosto triste e a sisudez de não dizer palavra. Além disso, essa impressão de cara suja, da barba malfeita, de estar fazendo quarenta graus lá fora, e a certeza de chover antes das quatro.

Como é isso? Ah, é simples: quando algo ferve dentro de você e queima a parte interna do nariz e seca a garganta, já é inadiável a enxurrada.

É nessas partes que se chora.

Nesses momentos parece vê-la dobrando a esquina e a última coisa na lembrança é seus cabelos gerando olas gigantes na tarde, inundando as ruelas, as ruas, os parques, o comércio, a cidade.

Eu já tive seus cabelos entre os dedos. Posso aceitar tudo isso, assim, igual ao simples ato de entrar por uma perna e sair por outra, Sofia, bem como chegavas, tal qual costumam terminar as estorinhas infantis?

oOo

Sofia adorava quando eu contava estórias. Era a única crente de verdade nos pés-de-feijão. Era tão tola, às vezes, de dar pena. Em especial, adorava Rapunzel. Por causa dos cabelos de Rapunzel? Ou por causa dos cabelos de Sofia.

Bem, podia se chamar Rapunzel, Sofia, mas quando se diz Rapunzel é diferente. Não se sente vento dominante, como quando chega Sofia, alterando para sempre a forma de tudo em volta. Vento de feição, dizem os marinheiros. Deixemos dito assim.

Quantas vezes não alterei o final de Rapunzel? Era proibido falar de quando cortaram aquelas tranças ruivas... Era o igual a matá-la de tristeza.

Rapunzel e seus dez milhões de finais. Para Sofia. Não merecia ser publicado título assim? Qualquer dia. A cada fim de estória, ela abria os olhos de vento e chuva. Então se notava o quanto Sofia estava Sofia. Aquilo era felicidade, logo se notava.

— Sofia, muda o quê, se todos sabem: no fim, as tranças de Rapunzel.

"Para, não fala nada. Não muda nada, mas ajuda."

E não falávamos mais sobre isso nem sobre a verdade dos pés-de-feijão e, geralmente, aí caía de sono.

É, Sofia, *minha* Sofia dormindo, algumas coisas ajudam.

Só não posso inventar outros finais para mim nisso tudo, Sofia.

Posso inventar os caminhos, porém todos eles são variantes para a mesma chegada, disso também nunca duvide.

As coisas não estão obrigadas a nada. Quando querem ou bem entendem, acontecem. Quando não, nunca se sabe delas ao certo. Tiro no escuridão. Depois disso, não faz diferença. Nós as queremos obrigadas às nossas expectativas, porque foi dessa maneira com fulano e beltrano antes de nós. Eu bem queria ter sentido assim, Sofia, quando tu me dizias... talvez tivesse sido diferente. E eu fosse menos covarde nesta história toda. Ou menos inseguro a ponto de achar possível atar Sofia a qualquer coisa, barco ao cais durante a tempestade.

Portanto, prefiro falar das lembranças de Sofia dentro de mim.

São mais Sofia que expectativas minhas.

As lembranças têm essa propriedade de serem mais sinceras. Ou menos inventadas.

6. DESSE JEITO DE CONTAR, aos outros pode parecer que sofro algum tipo de epilepsia, ou sou alguém a quem falta amiúde o tino e caia convulso no segundo seguinte. Que desmorono ao entrar por uma perna e sair por outra. Talvez possa parecer isso para você também, não o recrimino por isso.

Não culparia ninguém, caso ouvisse esta nossa conversa, dentro desta sala úmida e quente, de me tomar por algum desequilibrado. A razão disso vem do fato de eu me sentir de algum modo lobotomizado por essa aparição de Sofia durante esse tempo em minha vida. Isso me retira reta por onde tentam caminhar os razoáveis. A lógica dos sensatos.

Bebo pouca água. Vou quase nunca ao banheiro. Estou aqui há bastante tempo. Quando me excedo em algo, emito uma advertência-padrão com minha falha. Coloco no elevador. Uma luz amarela se acende. É como se perguntasse: "Tem certeza disso? Você nos contou tudo?" Eu fecho com força a portinhola e as engrenagens rugem. Estou o tempo inteiro consciente. Sou honesto, sou boa pessoa. Mas já vi em alguns setores a vigilância por todos os lados. Acho desnecessário. Ninguém é honesto o tempo todo, eu sei. A mão esquerda não saiba o que faz a direita, ora mas isso é feito lobotomia.

Lobotomia. É isso. Vasculhando na escuridão, tocando em algo, posso sentir o toque em Sofia, embora a mão não responda a nenhum reflexo e o cérebro não dê significado claro para ela. Há, é verdade, pode acreditar, um cânion entre os neurônios, agorinha mesmo, fazendo dela uma lembrança neuronal, distúrbio neurotransmissor. Serotonina. Ou cera fazendo-a patinar nessa pista do irreal. Então, fico com esta cara de quem acordou no meio de um tiroteio, porém não tarde a arriar sobre a mesa, tentando voltar ao sonho acordado onde mora. Ou deixar cair a cabeça para trás numa cadeira de barbeiro e não acordar antes da loção. Alguém tomado pelo tétano. Epilepsia. Catatonia. Alguém desmoronando sem esperança nenhuma de voltar à consciência de um sábado muito sujo ou, no seu caso, a tarde do domingo cinzento.

Antes dela, tudo era igual a um domingo destes: chumbo: pesado. Cinza. Mas era tolerável pois podia olhar para as pessoas sem algo dentro de mim denunciar minha mediocridade e covardia. Não precisaria correr do olhar das pessoas. Falar pelas venezianas dos dentes, baixinho, para não acordar nenhuma fera. Ou manter adormecida alguma fera dentro de mim — Sofia me contou existir essa, e ser necessário acordá-la, cutucar seu traseiro, esperar o bote. Isso tiraria do meu rosto este sorriso complacente, esta impressão de sempre estar arriando as calças, de estar sempre à disposição, na mira alheia.

Este meu sorriso de lobotomizado. De quem ri sobretudo quando não entende a piada. A piada séria da vida.

Naquele tempo, eu podia descer a rua após o trabalho e parar no Berne. Ficar durante muito tempo equilibrando os cubos de gelo no copo, achando engraçado quando uma pedra corria na superfície lisa da outra até desmaiar no fundo do copo.

Assim eu acumulava os meus dias, equilibrando-os uns sobre os outros, empilhando-os com cuidado para depois vê-los derreter nessas doses em mim. Nesse caricatura que sempre fui.

Podia ficar ouvindo o Berne abrir e fechar a boca horas sem parar e, embora não o ouvisse por causa da música sempre alta, balançava a cabeça concordando ou seguindo a trilha deixada pelos gestos sempre nervosos do homem. Era tolerado porque inofensivo, complacente, servil: podia deixar alugarem meus ouvidos quaisquer bêbados da vizinhança. Não obstante, sofria menos.

Naquele tempo, algo me fazia pensar que o Berne não estava dizendo nada com nada, suas mandíbulas e "aparelhos bucais" se moviam por alguma força do instinto, como são os insetos carnívoros, todos sabem.

Eu só concordava com tudo, feito elefante de circo, o paquiderme idiota a quem tinham feito ficar sobre uma das patas. Continuava ouvindo a música alta, balançando de novo cabeça e tromba, feliz por ter divertido a casa lotada. Os elefantes nunca esquecem. Os covardes, só às vezes.

Era comum dormir tarde, muito depois de ter revirado na cama durante muito tempo. Ter sonhos sempre sem sentido. Pensando bem, não eram exatamente sonhos preenchendo de desespero minhas noites quando eram só música alta e tv chiando. As imagens iam se formando, mas não eram coisa deste mundo. Tênues, no início. Assustadoras, no final. Gratuitas. Um seriado sem fim. Algum tipo de piada interminável.

No entanto, era comum passar o dia espremendo a memória em busca de lembrar, lembrar, e nada. Só me entregava à essa aventura de recordá-lo à luz clara, pela manhã, dentro do ônibus, onde houvesse muita gente. Sozinho, jamais. Sempre tive muito medo. Se existe algo dentro de mim adormecendo, decerto são essas criaturas da entremanhã, se retorcendo feito minhoca ao sol, querendo sei-lá-o-quê daqui de fora.

Naquela manhã, enquanto escovava os dentes, do nada, lembrei do sonho. Não sou poeta, não escrevo poemas, como posso sonhar assim?

"Não careço de vento/ pois quem me guia/ é essa poderosa ventania/ de dentro."

Demorei uma década me olhando no espelho dessa vez.

Não tenho tempo para me olhar tanto. Tenho medo de olhar as unhas dos meus pés, não me inspeciono, sinto falta de mim, mesmo olhando para mim.

Segui o dia, deixei o sol cumprir seu caminho, a noite cair.

Era só um sonho a mais.

Igual aos demais? Não.

Não era aqueles, nem imagem nem nada: só sons. A bulha enlouquecedora. Feito música muito alta no bar do Berne. No entanto, era mais barulho e menos melodia. Ou então, quando ia dormir, era só vozes dizendo bobagem. Mas, solenes, pomposas, de advogado recém-formado. Durante a manhã, aquilo, fundamental para a vida, se dissipava na pia, cuspindo fora o creme dental.

Mas ficava estalando, de vez em quando, o dia inteiro, só com a intenção deliberada de incomodar. Muitas vezes vinha corrente elétrica descendo pelo novelo da memória (sim, parece assim: um novelo se desenrolando da memória à ponta da língua), despencando gota d'água biqueira abaixo e, quando parecia já se instalar nesta almofada vermelha dentro da boca, parecendo chegar, já tinha se perdido algures, entre o nariz e a traqueia, por dentro.

Distante, tipo Sofia quando diz "conta não." Vindo do nada. Hemoptise de lembrança vaga. Recordação tísica.

Mas isso era antes, antes do tempo de Sofia.

oOo

Hoje, é ela regendo os meus sonhos e minha realidade, a ponto tal de eu não saber bem a diferença. Não sei o momento em que invento — porque inventar ajuda —, nem quando estou falando de Sofia ela mesma, lembrança, na esperança de imitar as estórias infantis... assim dói menos. As noites são mais leves. O mundo ao contrário, esse elefante pesado e cinza.

Naquele dia, quando saí do trabalho, fazia calor. O dia poderia ser resumido à tentativa frustrada de equilibrar horas, dar sentido à minha vida de acumular papéis sobre a mesa, esperar clientes de hora marcada e, quando o telefone tocasse, fazer-me de importante, demonstrar segurança na voz e iludir alguém do outro lado da linha. Pelo fone sempre foi mais fácil. As palavras saíam com muito mais facilidade. Ninguém podia notar nos meus olhos as olheiras das noites mal dormidas nem o vazio das minhas pupilas secas.

Não muito diferente de hoje, aquele dia, a não ser sua presença nesta sala escutando tudo isso fingindo estar mesmo interessado.

Como sei disso?

Ora, o rosto da gente fica assim, em expressão, do jeito do seu, agora, quando se está cansado. E essa era minha estratégia, não esqueça. Este é o momento de sonegar menos. Deixar Sofia vir. Inteira. Ou quase.

Talvez atraída pela música, ou soubesse de eu estar ali, no bar do Berne. Isso eu nunca soube. Quando entrou no lugar, os copos tilintaram nas prateleiras, o vento brando, brandíssimo, soprou e meu hálito se renovou. Ela se postou diante da mesa aguardando o convite. Os cabelos levemente molhados desciam pela blusa decotada de tecido leve e pelos braços nus, dançando a ritmo indiferente àquele da radiola de fichas.

Tudo podia ser visto em isolado: Sofia era espetáculo acontecendo em muitos lugares no seu corpo de palco. Sensual. Nela pairava algo de intocável, e inspirava mais devoção além de desejo. Baixei os olhos, meu rosto quente. Desejo foi o primeiro sentimento que aflorou em mim, vendo-a pela primeira vez, ali no Berne, sob a luz azulada do néon. Desejo traduzido por tranquilidade de ânimo, esse tipo de paz ganha para toda a vida.

Sentou. Então pude notar nos seus olhos o tempo passando, cavalo de carrossel. Indo e vindo.

"Está derretendo…" — foi dizendo.

Mas isso é jeito de começar conversa? Fiquei pensando.

— É, no calor o gelo derrete mais rápido — respondi, vendo descer dos seus ombros a gotícula d'água, descendo dos cabelos, ganhando a clavícula e descendo pelo decote.

Sofia sorriu pela primeira vez e pela primeira vez notei o quanto ela não entendia nada.

"Não, não é só o gelo, seu copo também…"

Agora me diga: também não ia pensar ter fugido do hospício? Eu também. E completou:

"...tudo está derretendo, acredite, esta é uma das habilidades do tempo: derreter tudo."

E se calou depois disso, ouvindo música. Foi quando seus cabelos dançaram diante de minhas pupilas.

"Liga não, essa é uma mania deles", falou, apontando para os cabelos.

Sorri, não havia outra coisa a fazer. Depois do frio silêncio, Sofia levantou os olhos com ternura, procurando os meus. Meu rosto ainda estava ruborizado.

"Derretendo, você está derretendo", comentou.

E estava mesmo, Sofia. que chegou vento brando no Berne e povoou minha vida de tempestades.

Uma vida de esperas. Pesada.

É igual a dar os pêsames a alguém. Certa vez, tive de velar um grande amigo, à noite inteira. Não sei por qual razão me prestei a esse espetáculo sem final declarado. É, a gente fica assim, nos velórios, esperando algo que quebre aquela rotina de flores secando, de gelo sob o caixão aguardando os parentes distantes do morto — e eles não virão ou não chegarão a tempo — a alfazema inundando o nariz sem a gente conseguir pensar em nada, o corpo sem alma, no meio da sala. E quando levam o corpo, já não faz diferença.

Fica o gosto do café, a boca amarga do chá.

Só aí a pessoa sente de fato os pêsames da palavra: pesa-me.

Esperar é ficar assim. Chumbo. Carregado.

oOo

Contar até dez. E esperar. Estou cansado disso.

A vida tem sido esperar cliente às quatro, esperar o gelo derreter no copo, esperar o sono descer pelo espaldar da poltrona, diante da tv, esperar morrer às onze, meio apressado, morrendo um pouco antes de ansiedade, o trânsito, o relógio de ponto, a insônia, o aquecimento global, a frieza do mundo. Esperar talvez seja o único verbo que eu entenda bem. Tenho me escondido atrás dele durante toda a vida.

Fico pensando se tenho mesmo esse direito de ir dispondo da minha existência dessa maneira, igual aos agentes das empresas aéreas: eles conferem seus documentos, sorriem segundo a política de relacionamento da empresa e lhe desejam boa viagem, mesmo desconfiando que você seja quem diz, porque na foto do documento você parece mais feliz. Ah, soubessem que o avião se espatifaria no trajeto, mesmo assim, diriam — boa viagem, com o mesmo sorriso, deixando à mostra os molares, dos quais nada mais se espera senão sua contribuição na beleza do sorriso profissional.

Essa catatonia: esperar. Nada posso fazer para mudá-la. Ninguém sabe como as coisas vão acabar nem por onde vão.

A natureza é implacável, segundo a segundo.

Por isso fico fazendo nada. Só esperando. Uma espera de morte.

Quando entrou ali, naquele dia, decerto sabia eu esperar a vida nova soprar. E me veio assim, Sofia, soprando muito brandamente, para ir me acostumando com sua ligeireza, fazendo bater com carinho o desejo nos meus lábios.

7. AQUI, PEÇO PAUSA. O tempo breve para ir ruminando se esta será mesmo a hora certa de ir desengatando essa presença de Sofia dentro de mim.

Entregar, de mão beijada, esta história, e Sofia, sem digerir direito a dor se sua falta é perder, mais uma vez, para alguém, para um tempo nisso que ele tem de incontrolável. Mas as lembranças precisam circular no mundo, sob o risco de explodirmos um dia.

Peço algo mais: não pergunte a razão pela qual Sofia necessita de se soltar e sumir (quem sabe para sempre) desta minha vida de não saber perder. Porque não posso entender bem esse verbo, nem sequer o verbo repartir.

Sofia precisa de serventia, lhe respondo agora. Ser vento. Ser ventania para fora de mim. Será necessário exorcizar até mesmo anjos iguais a Sofia de nossas vidas? Acordar esses lobos enjaulados que sentam conosco mansinhos e covardes diante das tv e dos noticiários e da hipnose coletiva das redes e das paredes sociais? Minha coragem não vai além dos abaixo-assinados digitais.

Duas vezes por semana faço serão. Isso consiste em revisar, revisar, conferir. Os serões não são obrigatórios, têm função de reciclagem. Reforçam a disciplina. E ganho horas a mais de férias que posso gozá-las ou trocar por menos horas de serão. Geralmente é o que faço. Eu poderia ler nessas horas, ir ao cinema, não há oposição a isso, mas não conheço mais ninguém que use o tempo assim.

De vez em quando, durmo no trabalho. Mas isso tem a ver com cansaço, ninguém é culpado se, no decorrer dos anos, minha respiração, minha visão, tudo foi ficando mais curto.

Essas horas não são computadas. Como preciso chegar cedo, fico, porque não há justificativas para atrasos. Para ganhar tempo, não tiro o paletó, nem as calças, nem os sapatos. Durmo na cadeira. Não gosto de quem se sente em casa no trabalho.

Aproveito para inventar novas formas de conferência e tenho dois cálculos inéditos, com desvio-padrão, integral e tudo mais. Gostaria de apresentar ao desmembraliza-bargarizador, numa oportunidade.

Confesso: algumas vezes remexo nas pastas dos fiscais. Mas é tempo perdido, não conheço a linguagem. Ora parece um poema, ora uma escala musical, ora um romaneio de carga. Não saber outras línguas pode evitar problemas, contudo.

A ignorância é mais liberdade que a sabedoria. O impasse é uma prisão mental. O moral é camada do bolo da covardia. O glacê falseando o gosto azedo do recheio.

o0o

Durante todo esse tempo narrando isto, me mantive esticado de uma ponta a outra nessa máquina de tortura: a consciência. É justo agora você conhecer esse meu martírio. Se quer mesmo saber sobre ela, terá de me carregar nos ombros, este peso morto. Esse é o preço. Essa promissória existencial vencendo todos os dias. Terá de ser assim, Sofia concordaria com isso, sabendo o quanto me sinto ainda seco, ruindo quase, flagelado dessa erosão na minha alma de areia.

Com o tempo ir perdendo as coisas das quais a gente mais gosta, Sofia vivia assim, vive ainda hoje assim, encarando perdas como ganhos. Longe disso ser conformismo, é a prática da felicidade, do modo como ela tanto quis me ensinar, sem entender: sentindo.

Portanto, peço esse tempo e ofereço outro: rumine bem se é mesmo esse seu desejo, pois saber sobre ela implica numa responsabilidade: a de ser livre depois.

Este tempo lhe dou: tempo que não tive.

Sofia deveria saber o que fazia, chegando ao Berne daquele jeito, tilintando em febre os copos e me pegando a derreter sobre a mesa, derretendo na vida, secando, tudo seca, Sofia, principalmente a alma dos covardes, num bar onde a música toca muito alto e servem sempre uma dose grátis ao mais idiota.

Não. Não é porque sou boa pessoa que lhe dou essa chance, pois já provei: sou mesmo gente de valor. Esse tempo dou, pois não pode ser diferente.

Na verdade, peço essa pausa a seu benefício. Mesmo quando meu instinto me faça arrastar tantos quantos possa para este engodo, esta trama íntima e covarde de não acreditar poder encontrá-la e seus cabelos dançarinos, tento impossibilitar qualquer um de sequer imaginar se pode haver alguém tão doce feito Sofia.

Então, dou-lhe direito a esse tempo, sem o qual me sentirei culpado de não lhe ter advertido ou preparado, e de culpas a mais não preciso nesta vida, não preciso mesmo.

8. Livre, Sofia, quero você livre para andar melhor pelas vielas deste mundão tão cheio de mazelas. De gente tão superficial esborratando pelas beiradas de mediocridade, a nata de leite fervendo.

E aqui vou eu, a cicatriz terna na alma, a marca da guerra quase santa decretada dentro de mim, o combate perdido, Sofia, por querer entender demais. Estratégia demais. Tática em vão, desperdiçada entre o quarto e o banheiro — foi mais ou menos onde me largou no campo de batalha, sempre desarmada, sempre vitoriosa.

Deixá-la livre: suspensa. Levitando. Içada para além dessa calda torpe e grossa do julgamento dos sensatos, dos encontrados na vida, pois era de sua natureza ir se perdendo.

Quero assim, mais sequela, resquícios, fim, ela sempre nutriu esse gostinho de epílogo, mesmo no prólogo. Nota final desde o prelúdio.

Tudo isso é muito acidente. Muito vasculhar. Muito cerebral, ainda.

Preciso de muito mais ignorância para saber perdê-la, se me entende.

Fiapo de Sofia, assim precisa ser, de um jeito ou de outro.

Fio de recordação, água fina minando da pedra, sonzinho de água gotejando, as últimas gotas custando a largar a boca da torneira, antes de desistir e seguir pelo ralo. Sofia líquida, lânguida, perdida.

Tanto isso ou aquilo, tanta Sofia ricocheteando nas paredes do squash, tanto eu esmagado; ou nesses joguinhos de sempre restar uma peça ao centro. Resta um, somente um, Sofia, réstia de recordação, hóstia derretendo na língua, que sabe do quanto piores são as palavras nunca faladas.

Em toda confissão há uma verdade inconfessa, porque somos vítimas mortais por palavras, essa ideia fixa por dicionários, sempre queremos tudo nos muitos significados, tantos quanto possam existir para ir complicando todas as coisas, queremos tudo até à raiz de tudo.

oOo

Sofia me disse o quanto essa mania por sinônimos era balela.

"Palavra não é troco, não se dão umas grandes para se receber um punhado de pequenas...", me dizia.

— Como é isso, Sofia?

"Simples: nenhuma palavra vale por outra, por isso não podem ser trocadas. Palavra não é ponto, que vai se acumulando. Não se trata de jogo. É só a tentativa de tentar mostrar o modo de ver e sentir o mundo.

Mas ninguém atinge a ideia escondida entre as camadas da palavra. A ideia é intocável, é a alma das coisas. Palavra é perda. Por isso não se deve dar muita importância a ela."

E ia emendando o bordado:

"...Em qualquer idioma, a palavra é algo que fracassou, é menor que a ideia, e é preciso buscar a ideia, no mundo onde há ideia, e deixar as palavras no mundo onde as palavras são."

Dizia:

"O verbo 'ser' é o complicador disso tudo... Tal coisa é *exatamente* isso, aqueloutra é *comprovadamente* aquilo. Essa fome por equivalência e sinônimos, por transformações que venham a dar no mesmo, por querer cegar para as diferenças. Querer sempre tudo em série e dentro dos limites deixa o mundo chato e não redondo, como é, ou quase."

É, Sofia, nesse ponto não sou somente eu o covarde.

Quando nos deparamos diante de algo impossível de ser substituído, diante de algo para o qual não exista sinônimo nem clone, quando nos tiram o chão ou a vida nos trata tão sem distinções, sentimos o quanto somos impotentes. Nosso grande problema seja complicar as coisas em volta, sobretudo o que sentimos. Por isso os consultórios estão lotados.

Assim, inúteis, fazemos essa reverência ridícula diante do mundo, parece desculparmo-nos de acontecimentos que nunca estiveram sob nosso controle, como me senti no velório daquele amigo. Ele indo e eu exigindo significados. Esperando explicação. Pesado. Ele carregado no caixão, eu na vida.

Isso não vem ao caso agora, isso já lhe contei, creio.

Às vezes, era muito dura para essas questões.

Afirmava:

"As palavras só têm serventia para a poesia." (Mesmo sabendo a segunda existir sem a primeira.)

Eu ficava olhando para ela. Muitas vezes era eu quem dormia, dormia muito, pensando nessas coisas de Sofia falando não exatamente com palavras, mas através delas, apesar delas, emanações de música nos ouvidos, nos cabelos, impregnando a pele, os olhos, os sonhos da gente.

Por isso lhe digo: se algum dia escrevesse um romance sobre ela, seria ao modo de valerem menos as palavras. Um romance para dentro, onde dissesse o mínimo de Sofia — e o pouco fosse tudo. Romance derretendo.

Mas, antes de prosseguir, me permita registrar outro fato. Embora possa parecer sem importância, ele tem enorme valor. Além disso, faz parte desse nosso pacto, dessa preparação, arrastar-me pelo caminho, porque esse é o preço, nunca esqueça.

Considere isso sua grande chance de desistir, inventar qualquer desculpa, consultar as horas (como fez há minutos... Não fique desconcertado, eu vi; não ligo), lembrar de qualquer compromisso de última hora: ir embora.

Esteja livre para isso, não quero prendê-lo aqui.

Mas deixe que me ponha no seu lugar: você desce a rua. Entra no escritório. Fecha a porta. Volta. Não confere. Não faz. Está atento. Lê. Lembra-se de ter lido. Senta. Tem tempo. Continua. Vê a vida. Não lembra. Não comerá. Pega o telefone: liga. Pega as pastas: aperta o botão. Faz mil vezes. Começa a se lembrar. Liga o ventilador, acende as luzes. Tem vontade de falar. Perderia seu tempo. Segue as linhas.

Tem sonhos.

Chega.

Trabalha.

Visita.

Volta.

Não lembra. Me chama. Bebe. Emite advertência. Está o tempo inteiro.

Então: não é tão fácil assim ser o outro lado, não é?

Uma vez aqui, aqui para sempre. Você preenche um formulário, eu preencho outro. As informações têm de bater lá em cima.

Portanto, ponha-se no *seu* lugar um pouco.

Mesmo assim, caso se vá, não sei quem de nós perderia mais, quem ganharia mais. Ao menos, teria tentado e me contentaria não com o sucesso do que antes fora estratégia mas, de algum tempo para cá, a tentativa de ver Sofia livre. De mim.

O fato é que, com ela, aprendi o uso de algumas palavras, o jeito de responder com seus "sempre hás", seus "porquês", as diferenças entre um verbo e outro e outras coisas sobre as quais nós já falamos.

Sofia tinha modo especial de empregar certa palavra, quando se referia à existência de algumas pessoas (ou até mesmo de objetos) no mundo. Dizia terem serventia para tal & qual coisa. Vira e mexe, ela empregava essa palavra, num sentido todo especial, um destino, uma determinação biológica.

Há quem creia nessas coisas de carma etcetera, por isso a palavra pode carregar algo de mágica, ligada por fios invisíveis aos seres e às coisas, vital para seu sentido de existir ou estarem no mundo.

Sofia é serventia, ventania primordial da minha existência ou anjo a ser exorcizado para cobrir de música este mundo tão ao contrário.

Enquanto aguardava o tempo de não precisarmos usar palavras, a época na qual falaríamos sem mexer a boca, como naquele dia em que pude dizer, sem falar, o quanto a amava e a queria muitíssimo para mim, ela ia elegendo umas palavras, as mais próximas da alma humana, segundo ela, essas palavras para si-mesmas, as que prescindem de complementos ou ligações com as demais. Colecionava-as, tinha-as de memória. Vez ou outra esquecia de algumas, só para, mais tarde, ter o prazer de lembrá-las. Ficava muito feliz só com essa brincadeira de lembrar palavra.

"Agora, são mais apaixonantes...", dizia.

"...Quando vieram à memória, vieram de mergulho mais profundo, são muito mais minhas, cada vez menos dos dicionários."

E ficava com a felicidade repousando na cara. Quem entende uma coisa dessas?

Mesmo perdendo-a, será sempre mais minha do que daquele músico, mais minha do que de qualquer um no planeta, fico maquinando no pensamento, até isso virar verdade inabalável.

Se a covardia não nos pegar pelo caminho, torço por você também se sentir dessa forma. Mesmo com menos intensidade, é verdade. Por que menos? Ora, algumas partes eu escondo, pois não estou convencido ainda de ser essa a saída para libertá-la, não sei ainda se tudo isso vale a pena, de fato. Ah, Sofia, tanta covardia tem cura?

o0o

Mas deixemos de devaneios. Retornemos ao Berne, naquele dia, onde deixamos eu e Sofia, o gelo derretendo no copo de fundo grosso. Estudos demonstram que, quando os ventos mudam, formigas e cupins e saem de suas tocas para acasalar ou encontrar os pares. (No mundo, tudo há: até prazer condicionado à meteorologia).

Depois de um dia maçante, o Berne é o porto onde vão se encostar profissionais liberais, vendedores, eles&elas mal-amados, desempregados da classe média e, com certa frequência, gente cujos vinténs servirão para o hambúrguer mais barato, o pastel murcho do fim do dia, onde podem comê-lo diante do espelho por detrás do balcão, guarnecido pelos tubos de néon azul.

Mesmo conhecendo uns aos outros, vizinhos de mesa, mesmo sabendo o limite de cada qual nessa jornada, é regra geral não se ser muito de conversa uns com os outros, e a comunicação se resume ao aceno na chegada, o menear de cabeça aprovando ou recriminando a música na radiola de fichas, levantar o dedo (não de modo tão efusivo dos anúncios de cerveja) quando se quer fazer o pedido ou, ainda, certa amabilidade na troca de olhares, sempre rápida, cheia de desinteresse lavado, natural aos que se creem da mesmo reino, filo, classe, ordem ou família, da mesma espécie ou do mesmo ramo, pergunta a ser feita sempre um segundo antes da mordida.

Se perguntarem a qualquer um de nós, habitués do Berne, sobre essa esquizoidia, todos culparão a música sempre muito alta. Na verdade, essa não é a verdade. Quem vai ao Berne é por solidão, por essa sensação eterna de espera. Por nada. De só ser incomodado por si próprio.

Só o Berne pode flanar de mesa em mesa, falando do péssimo futebol, da crescente carestia ou sobre a corrupção, os votos secretos, a guerra, do quanto ficamos idiotas com o passar dos tempos, do terrorismo, da burrice, do fim da privacidade, clones&drones, o fim, do fim, do fim. Demora-se algum tempo a mais com o cliente, se lhe agrada a figura e é generoso o suficiente para presentear o cristão com o bônus de uma ficha para a radiola ou uma porção do bife com batatinhas.

Gosta de vir à minha mesa, amiúde, e se demorar um pouco. Não sei de quais assuntos fala. Por educação (mentira, por conveniência), vou deixando que desfie sua conversa fiada, sempre concordando com a cabeça quando ele faz uma pausa e os seus olhos brilham, momento onde só resta concordar, feito lagartixa no formol, nos laboratórios dos colégios. (Bem, aquelas não balançam mais nada; de qualquer forma, dão o testemunho de quanto sempre estiveram balançando a cabeça).

Estão na moda bares ecológicos (e tudo o mais falsamente ecológico, politicamente correto, ai, ai, o senso comum é parte do plano de virarmos todos uma máquina pensando igual), o Berne é um bar zoológico.

Não: entomológico é nome mais adequado. Uns mais para traças, outros mais para moscas de bar, zangões ou abelhas-rainhas.

Olhe para o Berne, que aparência tem mesmo com esses oclões?

Somos ali esses artrópodes, sorvendo pelas anteras e pela boca o que é nosso por direito: música alta, solidão e gastrite.

E foi ali naquele antro onde ela me encontrou, no mundo minúsculo dos insetos, onde formigas carregam ovos ribanceira acima, porque sabe que o vento muda, e a chuva logo-logo vai cair.

— Que faz alguém como você num lugar deste? — perguntei, lembrando da fala de algum personagem do cinema dos anos setenta. Sempre fui cinematográfico ao falar, costume reforçado pela profissão, junto a clientes, isso me faz parecer culto, atraente, sedutor, aceitável, boa mercadoria na gôndola.

Sofia notou de cara o péssimo ator em mim. Seu desdém queria dizer: melhore a dicção aqui, ponha sentimento acolá.

"Ritmo, ritmo" —me diria depois — "a fala é melodia, também."

"Cada alma tem fala e música própria, vamos lá, descubra a *sua*."

Todas essas coisas me ensinou no decorrer daquele tempo, me falou da imaginação e das palavras, de vozes soando igual a violoncelos no mundo, de vozes de oboés nas mocinhas dos shoppings, da voz de trombone do policial; e de como sentir o gosto de cada sílaba e cada letra.

— Mas eu desafino, Sofia.

"Desafinar é uma invenção dos maestros. Ninguém desafina. Cada voz é afinadíssima, porque única."

E Abriu os braços.

"Ninguém dia 'Eu te amo' de modo igual. É preciso descobrir a sua forma de dizer algo. O mundo todo igual é uma parede em branco onde não se pode sujar com mais nada".

o0o

Então chegou. Estava de passagem.

"Estou de passagem."

Sempre, Sofia, sempre de passagem. Talvez demorasse.

"Pode ser, um tempo, pode ser, nunca o suficiente, quem sabe?", alertou.

— Você não incomoda — eu atalhei, todo gentil —, fique o quanto achar necessário.

Foi quando fez os cabelos pararem de dançar.

"Costumo incomodar mais quando não estou."

E fiquei pensando naquilo.

Já era de casa.

Sinalizei para Berne.

Ele trouxe o licor, forte, e o reflexo vermelho do copo de Sofia rebatendo a luz nos seus cabelos tornava tudo aquilo legítimo, real, por mais expressionismo alemão que pudesse parecer.

— Estou cansado — confessei.

"Eu te levo em casa."

E me levou pela primeira vez caminhando pelas ruas da cidade, pois caminhar era uma das grandes serventias daquela que mais tarde eu batizaria de Sofia.

9. CONCORDO COM VOCÊ: se há — e sempre há — algo a perder, então se perca logo. Tem toda a razão nisso (deverá ter também sobre outros assuntos, eles fogem ao meu interesse e se manterão longe do meu alcance. Estarão mais seguros, não tenha dúvida nenhuma quanto a isso também).

oOo

Dizia não existir coisa pior no mundo que música quando não anda. Sofia, andarilha, sabe se opor ao que estagna ou se represa, aos amantes do congelamentos, das catatonias.

— Se a Terra está girando — eu disse —, nada está parado, Sofia. Tudo está, da mesma forma, girando.

Lembro-me dela, os cabelos dançando numa negativa, dizendo o quanto não se pode simplesmente entregar a vida aos movimentos do planeta.

"Veja só — rebatia —, até a Terra, que não pensa, se move um pouco a cada instante. Mover-se é sentir. Sentir e comover-se."

E abria outra vez os braços:

"Faça seu mundo girar, senão o resto do mundo ficará por cima. O etcetera do mundo engole. (Ria de expressões etcetera, *data venia* e *ipsis litteris*). Vem o *ipsis litteris* da vida e carrega."

E disse mais, estalando os dedos:

"A Terra não está girando para nenhum de nós, e sim para si mesma. Cabe-nos fazermos o mesmo."

Noutras palavras: esperar é ser engolido aos poucos.

oOo

Pior que a música quando empanca é quem fala muito sem chegar a lugar nenhum. Nisso, eu, você, Sofia, todo mundo há de concordar. Imagine um romance que não anda. Pra ser romance sobre ela teria de ser romance andarilho. Romance peregrino. Por isso não escrevo. Empancado. Navio no cais esperando o embarque, mas ele não ocorre nunca.

Ensinar a perder a pressa. Afinal de contas (e conta não!), para onde correm tanto? (Eles correm para casa, tiram os sapatos, e se deixam derreter no sofá diante da tv, nos quartos na frente do computador?)

Daí, fico imaginando onde vamos parar neste testemunho de Sofia – ou fantasia mal encenada ou entretenimento para ganhar tempo ou invencionice (que ninguém nunca sabe). E se, de fato, se pode chegar sem nunca se ter partido.

Vence quem vai perdendo mais, em qualquer dessas direções, livrando-se dos pesos, das emoções inúteis no trajeto (o piloto solta sacos de areia para o balão ir ganhando altitude). Assim, vamo-nos livrando do medo.

Em especial, do medo de nos tornarmos ridículos.

Anda melhor quem está mais leve, pois a corda aos pés já sofreu toda a sorte de intempéries e pode estar mofada aqui ou ali. Daí, o precipício.

Portanto, é mexer-se e nunca ficar parado. Esse o segredo, eu acho, não sei bem, ainda.

10. É CONVENIENTE morar no centro da cidade. São longas ruas de comércio, resistindo à bolha asséptica dos shoppings, becos até ontem inexistentes, surgindo do nada.

É uma região igualmente erma, de vocação noturna. Durante o dia, ainda se fantasia de zona comercial e se enche de lojas e magazines decadentes, as caixas de som pedindo, por favor, e em vão, para os fregueses entrarem, vejam as promoções, calcinhas e moletons de dois verões passados, sapatos de salto 15 onde é difícil encontrar o par sobre o tabuleiro; cama, mesa&banho infantis com mickeys apertando gatilhos de pistolas-bang.

Pessoas trafegam por essas ruas por qualquer motivo. E, muitas vezes, por motivo nenhum.

É uma zona invisível, onde pouco se sabe dos acontecimentos cotidianos, da qual a administração municipal praticamente desistiu, onde os vizinhos de mil anos já não se abrem as portas.

Agrada-me o conjunto arquitetônico dos prédios: soturnos, sombrios, sóbrios, na medida certa, os apartamentos espaçosos onde crianças podem até correr lá dentro, os grandes janelões refletindo a luz do sol, vendo nascer entre eles outros prédios, esguios e modernos, claustrofóbicos. A impressão é de os novos moradores dormirem em pé, ali, tão mesquinhos de espaço.

oOo

Moro num desses prédios caducos. O apartamento me caiu às mãos por conta da morte de um tio-avô, embora nunca tenha me movido para cuidar da papelada dos inventários e da transferência, nem tampouco saiba a quantas andam as dívidas com a prefeitura.

Como tudo na cidade, o prédio é úmido e, pela fachada se pode ver a encanação de ferro exposta, vazando em muitos andares, o zinabre esverdeado nas junções criando coágulos, ao modo das embolias, uma delas levou meu tio-avô.

O edifício tem dois elevadores e um porteiro: Jonas: enfermeiro incansável a desentupir os canos — as veias, digo — e tudo fazer para manter o monstro de pé. Ele mesmo tomou para si o aspecto prédio: é simples, e gasta energias para deixar só o essencial funcionando, e é sempre de confiança.

No caminho do Berne para casa, achei bom parar para comprar cigarros.

"Você não tem cara de quem fuma", disse.

— Jonas... Jonas fuma — respondi.

Sorriu, principalmente do troco jogado no bolso, a bolota de papel sem importância. Era comum levar cigarro para Jonas, especialmente se chegava acompanhado. Minhas companhias soam esquisitas e estranhas aos olhos das senhoras do condomínio.

Os cigarros são um tipo de ingresso, acordo de cavalheiros entre mim e o porteiro. Nessas ocasiões, me chama de "doutor", abre a porta de vidro, depois a do elevador, então o cumprimento com gesto de significado secreto para nós dois.

Jonas sorri. Está contente porque estarei dali a alguns instantes, na cama, com minha visitante. Talvez vá até a portaria, acenda o cigarro, e fique pensando na vida.

Para solitários iguais a mim, em prédios como o meu, Jonas é o porteiro perfeito. Mesmo quando não possa fugir à intimidade do dia seguinte, quando me cumprimenta batendo no meu ombro com tapinha de cumplicidade, Jonas tem classe. Fora porteiro de hotel de luxo, me contou, antes de se enfurnar no edifício Saint-Tropez — é esse o nome do godzila de doze andares.

Naquelas manhãs seguintes, dá sua nota, de zero a dez, para os atributos da visitante.

— ...Dez! — Jonas diria, com julgamento de especialista (muito embora, antes de Sofia, só a muito custo consegui tirar nota seis). Os rigorosos critérios de Jonas estabelece notas para as mulheres pelas categorias:

1. perfume;
2. rebolado;
3. bolsa a tiracolo.

o0o

A porta do elevador se fechou. Fiquei imaginando a cara de Jonas e a nota da manhã seguinte. Foi quando olhei para Sofia e ali já a amava muito. Ali, eu já estava perdido. O cheiro de groselha incensando o interior do elevador subindo.

— Louco pra te dar um beijo — falei, entre os dentes.

"E eu, pra tomar banho", respondeu.

Não havia repulsa nisso, vai ver coisa de quem não perde a piada. Sofia era assim, espirituosa. De humor fino. Apurado.

Enquanto o elevador chocalhava, eu pensava de onde poderia ter saído alguém tão doce. Talvez daquele navio ancorado no cais havia uma semana, impedido de seguir viagem por qualquer birra da imigração, que o mundo detesta cada vez mais estrangeiros, imaginei.

Ou quem sabe tenha chegado nessa tempestade de europeus e argentinos que vêm à cidade roçar nas nossas mulheres, durante o carnaval, deixando a vida mais cara e o sotaque intolerável no ar, por várias semanas depois. Podia muito bem ser dessas turistas esticando férias, seguindo pelo litoral, amando homens de todos os lugares, para embarcar de volta para casa com a sensação de a vida ter valido unicamente a viagem.

Que importa?, me perguntei, irritado com a mania de querer saber de onde vêm e quem são as pessoas: isso não faz qualquer diferença no final.

Sofia livrou-se sem cerimônias da roupa leve e entrou para o banho. Sentia-se em casa. Sobre a poltrona, na qual costumo morrer todos os dias, resvalava seu cheiro doce de groselha.

Aquele seria o momento de eu ficaria à janela, contemplando a praça lá embaixo entorpecido pelo gás de suas luzes de final de noite. Na portaria, Jonas deveria estar fumando seu cigarro real, a baforadas compassadas, esperando o dia raiar para se esconder no subsolo, no quarto estreito, fazendo tremer a cama de campanha. Sem companhia.

A água batendo nos cabelos de Sofia. O sabonete desenhando flocos nos seus seios. Descendo. Leve como Sofia.

Seria certo esperá-la na cama, respirando ofegante a fumaça de meu cigarro hipotético. Assim seria mais cinema. Quando o cinema repete demais uma cena é porque a cena é tão ridícula que funciona. Sempre há um bebê que chora depois de se anunciar uma tragédia, o barulho de trovão sempre igual em todos os filmes.

Impressionar Sofia. Não seria fácil. Ela não se impressiona por qualquer cena retirada da sessão da tarde. Pelo contrário: detesta a pré-fabricação, a manufatura, a dissimulação, o cálculo, o interesse pelo interesse, a voz empolada... Irrita-se se a querem presa de uma ideia pré-concebida dos fatos. Fica triste se a querem prender a algo.

Deitei.

Deixei o quarto rodar em seu próprio eixo, à revelia do prédio, do planeta, que gira a todo instante. Rodar e rodar muito.

Depois, estiquei as pernas nuas e suadas, procurando posição máscula, dessas de não oferecem dúvida nenhuma. Nenhuma me convenceu.

Notei assim o quanto Sofia havia me deixado frágil. Insetinho inofensivo. Larva no colchão. Cercária inútil.

Preferi ficar imaginando o corpo de espuma, sua cabeça roçando primeiro meu peito, depois um leve beijo sugando o umbigo, depois mordiscando as orelhas. Minhas mãos nos seus seios. Mãos em concha. Em seios. Anseios de mãos em concha nas coxas. Mãos pelos joelhos de Sofia de joelhos na cama rodando, rodando...

A gente perde a sutileza com o desuso do carinho verdadeiro. Com o mecanismo das visitas estranhas. Gratuitas. Acabam levando de nós muito mais que dinheiro: a alma. Deixando a geladeira vazia.

Senti no hálito o fogo e na boca em brasa o gosto groselha-Sofia.

E o ar que primeiro saiu de minha garganta foi este: Sofia.

E assim a batizei.

"Precisa mesmo?"

— Claro.

O quarto ficou menos claro. Penumbra. Sofia fez ventar, seus cabelos dançaram e suamos uma vez, depois outra, outra mais... Tomados de ventania.

— Como faz assim para...

"Depois te ensino." interrompeu, cobrindo as palavras com um beijo tão doce que fiquei por muito tempo roçando a língua nos lábios, já com muita saudade daquilo.

oOo

Ah, já lhe falei do quanto Jonas mudou, depois disso tudo?

Andava apático. Ele, o prédio, o mundo todo, tudo vai deixando a gente assim, só casca. Jonas tem sua importância neste meu mundo de poucos amigos, de visitas esquisitas. Jonas e o edifício já caduco envelhecerão muito ainda. Depois um deles amanhecerá em ruínas. Apesar disso, mantêm a classe. Não são covardes. As pessoas são muito diferentes das construções de concreto. Menos: muitas pessoas são só fachada.

Jonas e o prédio têm, de fato, coragem. (A coragem dos comensais ou parasitas, ele em relação ao Saint-Tropez e vice-versa.) Longe um do outro, ruiriam mais rápido. Secariam, porque tudo também.

Não gostaria de estar sob nenhum dos dois nesse dia.

Sofia dizia: as pessoas mudam quando tentam entender. E, como geralmente tentam entender por intermédio das palavras, fracassam. Deixam de sentir. De se espantar. Ruem. Vão rachando. Ou derretendo, pois Sofia também disse haver dois tipos de gente neste mundo: umas acabam derretendo. Outras, secando. No primeiro grupo estão os covardes e mal-amados. No segundo, os incrédulos, os ignorantes, tanto quanto os donos de várias verdades ao mesmo tempo.

Quanto a mim, quando acabar, serei uma parte caco. Seco. Vidro. A outra banda, líquido. Liquidado. Sem serventia.

"Estranhar tudo. Questionar o tempo todo", disse, em tons musicais, fechando a porta.

Quer saber como acabará Sofia, qualquer dia?

Ora, julgava-o mais atento. Sofia é vento: faz cristalizar e dá forma às rochas. Não derrete, passa. Não acaba, está sempre se remoçando, tomando fôlego neste mundo. Vento não seca: faz secar. E, ao mesmo tempo, passa. A dor, quando ela se vai, não. Nunca.

No tempo em que quis estar comigo, a presenteei com aqueles bibelôs e miudezas de todas as variedades. Estão ainda sobre o móvel da sala — com exceção do chaveirinho, claro. Julguei-o tão eterno quanto ela, aquele tempo.

Da mesma forma, tempo se perde, e Sofia é para ser perdida, desde aquele tamanhinho, sem importância. Mas, resisto muito a perdê-la. Não sei aceitar isso.

Por ser covarde, prefiro perder tempo, fazendo cera.

Fazendo cena.

Cliché de cinema.

Noticiário fajuto.

Fazendo nada.

Maçada de cliente.

Mas, decidi: hoje, não vou esperar coisíssima alguma.

Seus cigarros acabaram? Essa fumaça impregnada nas paredes me faz mal. Seu nariz tem escorrido com frequência: é essa umidade da sala. Desçamos, então. Tentemos comer algo, que ainda não chegou o tempo de não precisar, já anunciou Sofia. Ou poderemos zanzar pela cidade, um pouco.

Lá pras seis, podemos ir ao Berne, confundirmo-nos com o zunido dos insetos e com a música mais alta ainda.

Cada um paga sua conta.

Chegando ao Berne poderei lhe falar mais sobre qualquer coisa. Falaremos mais sobre Sofia, porque é esse o nosso ofício, já há algum tempo.

E, no contrapeso, no arrasto da rede, no papel pega-mosca, vou dando um pouco de mim. Meu visco.

E, por enquanto, meu silêncio.

11. Olhe bem em volta, discretamente: não é de verdade um paraíso entomológico?... Os zangões e as vespas ainda estão por chegar.

Quando a noite começar a descer, quando as sirenes disserem a hora de a cidade vestir sua roupa noturna, você verá entrar por aquela porta os escaravelhos (cinquentões reformados do exército ou sessentões vitimados à erisipela não raro, hérnias estranguladas alguns... pulgões-da-batata, vendedores de seguro, gente fracassada da indústria dos games eletrônicos, remanescentes do fracasso da bolha ou de outros tantos vexames financeiros, todos eles meio surdos, por isso nem sabem se essa música está alta demais ou não), joaninhas com jeans bem apertados.

Além do mais, olhe em volta: quem entre nós não é inseto? Passe os olhos ainda mais discretos em Berne. Na sua cabeça lisa, afundada. As suas "peças bucais inclusas na cabeça", rezam os livros de biologia. A cabeça afundada nos ombros, como se a tivessem posto lá com uma pinça. E, por favor, não faça pouco do aspecto do Berne. Aqui você está por sua própria conta e risco. Está no esconderijo dele, não esqueça. Lembre-se: não são confiáveis: insetos têm comportamento distinto quando se muda a pressão atmosférica, sobretudo na presença de ventos fortes, mesmo os de cutícula mais robusta. Vão querer sobreviver, a qualquer custo.

Naquela mesa ali, à direita, onde se embebedará na quarta dose aquele formigão de azul, sentamos eu e ela, que chegou tilintando os copos da prateleira. Mesmo se estivesse vazia a mesa, eu não sentaria nela. Não é por nada: Sofia não costuma ser metódica.

Se quero — e quero muito — tornar a vê-la, tenho de ser imprevisível (pelo menos nas pequenas coisas), um pouco como os ventos, das quais não sabemos direto de onde vêm nem para onde estão indo.

Assim vem Sofia, com seus pés-de-vento.

oOo

O Berne não virá a minha mesa hoje. Decerto, estranhando eu estar acompanhado. Por que sempre acham estranho me fazer acompanhado? Porque. As paredes e o espelho castigado pelo néon azul nos respondem.

Sofia sempre teve gosto de capítulo final. E aqui, gosto doce de groselha. De licor. Bafo de bombom. De pastilha de menta. Aqui, a gente fica digerindo o dia, gasto com pequenas migalhas. Os insetos nascemos com a boca muito pequena. Nunca abocanharemos grandes fatias de existência, que fatalidade.

Alguns nasceram com as peças bucais coladas no estômago, para não terem muito trabalho, e isso parece ter acontecido com aquele gorducho, encurvado na mesa, empurrando com o palito de dentes aquela azeitona barriga abaixo.

Qualquer dia, dedetizam o lugar. Calam a radiola de fichas. E o Berne.

Ou seja como sempre foi. Os insetos dominaram o mundo, o mundo é deles, não dos homens. Estão nisso de sobreviver a milhões de anos antes de nós.

oOo

Estive pensando: o que torna Jonas diferente do Berne?

Ambos têm classe, não se pode negar. Têm dedicação: um por aquele museu onde moro, outro por este biotério onde sempre venho parar após o expediente. Cada qual na sua toca. São naturezas de inteligências diferentes: Jonas preferiu a companhia de quem é mais cimento armado. Berne, nós: seres com exoesqueleto quitinoso.

Sim, ia falar do porteiro, antes de sairmos daquela sala mofada. Meu interesse em contar-lhe isso é só porque sou boa gente, já mencionei, eu sei.

Preocupo-me com ele desde aquele dia.

Jonas tem mudado muito. Cada dia mais, me parece. E me preocupei, lógico, você sabe o quanto gente boa eu disse ser.

Ele aceitou os cigarros, me recebeu com seu "doutor, por aqui" cheio de pose.

Relutei muito antes de abordá-lo.

Não importa o quanto isso nos frustre, a vida do outro não é propriedade nossa, embora os políticos achem que sim, os religiosos tenham certeza que é e os militares ajam com tanta convicção quanto a isso.

Enquanto a hora não chega, quero dizer algo mais — e o mais importante de toda esta nossa conversa: a verdade ninguém nunca sabe.

Não esqueça. Fixe isso numa tabuleta no quarto, no escritório, na sala de jantar. Sempre estamos jogando com o baralho traçado por outro. Cartas viciadas em decidir no reino do oportuno.

A verdade é sonegação.

Visco. Confisco. Engodo.

Quando chegar aquele tempo de falarmos sem mexer a boca, poderemos nos livrar do Outro falseando tudo e roubando no jogo, um tempo da verdade às escâncaras.

Daí, não precisaremos mais escamotear nada mais de mais ninguém.

Porque nos bastaremos. Nem precisaremos mais dar presentes, para provar o quanto gostamos de alguém (por isso Sofia estranhou tanto, agora entendo), e esse carinho verdadeiro será raio de sol brilhando no nosso rosto. E nos beijaremos sem cerimônia como se o Outro fosse parte de nossa casa, o bem que se deve conservar. Música amena.

oOo

Sofia, será desse jeito que a gente vai perdendo você?

Ganhando essa consciência de quem pensa tudo ser possível, porque tudo sempre há, Sofia?

E não precisaremos prender o outro ao pé da mesa, como quis eu prendê-la ao chaveirinho apitando ainda hoje dentro de mim.

A gente é burra por querer saber demais; para se ter paz é preciso ignorar.

Ignorar-se. Precisa? Claro, precisa.

Eu não vi do modo correto, na hora. Zarolho de nascença e existência. Estrábico na vida. Cegueira. Olho duro. Seco. De cera.

Caso conseguisse escrever isso, sairia fogo dos meus dedos, porque parece sair dos meus lábios dizendo isso. Sofia, essa é a música que estava perdida e me deste; é tão bela que quero esquecê-la, para aprendê-la de novo, Sofia... esquecer é não prender, é perder, docemente...

oOo

— Jonas, você tem mudado, cara, desde aquele dia, quando cheguei acompanhado pela última vez, sob aquela ventania.

O porteiro demorou para falar, raciocinou, tentando dizer tudo sem esquecer nada:

— *Doutor*, daquela noite me lembro: de fato, ventava muito. Vi quando você chegava, daí me apressei. Abri a porta senão o vento ia findar lhe levando.

E continuou:

— Quando entrou, cantarolava uma musicazinha, parecia de criança, uma marchinha, um desses sambinhas. Depois fiquei aqui embaixo, lembrando, relembrando, achando linda... Nota dez pra cançãozinha, doutor. Daí, foi isso: abri a porta do elevador. Você me olhou satisfeito. Entregou o maço. Sorria. Por nada. Subiu, todo feliz.

E Jonas completou, batendo no meu ombro:

— Quanto à companhia, bem, naquela noite... *doutor*, naquela noite o amigo aí entrou por essa porta sozinho, posso jurar, e eu juro.

oOo

Tome posse desta mesa, pois pretendo ir longe. E estou indo.

Quem está mais perdido agora?

E quando está perdido, por quem você chama?

Chamei você. No meu formulário terei de dizer que somos peças fora do lugar. Nos andares de cima, dirão: "quando se chega a determinado lugar, se nota que é ali que tem de se estar". "Se tudo não parece em ordem depois disso, lamentamos: não é mais com vocês".

A gente muda. Para ser sempre quem a gente foi.

Deixemos os fiscais fazerem a parte deles. Os revisores, os conferentes, os coletores, os auditores, eles fazem a música das engrenagens tocar.

Não se deixe tocar por ela.

Toque sua própria música.

Do mais, tchau, hasta la vista, good bye, au revoir, ciao.

Eu digo adeus.

Não lhe deixo só. Ei-los: chegam os escaravelhos. Faça deles boa companhia.

Com o tempo, o Berne lhe olhará com intimidade de velha amizade. Vai falar essas coisas ininteligíveis, às quais você responderá com meneios, concordando: essa é a sina inseta. Entomológica. De ouvido. Entótica. Sem compreensão.

Convém, no entanto, não ser muito de conversa, contudo manter as anteras sintonizadas. Agradeça com um gesto, quando o Berne servir seu prato, de bom coração, pois servir deixa o homem feliz.

Ah, quero lhe lembrar: quando se sentir satisfeito, não custa — ao modo dos bons costumes desta casa — balançar a tromba com satisfação, porque os covardes esquecem com certa facilidade.

Os paquidermes, vez ou outra.

Os insetos, jamais.

Chegarei em casa mais leve, hoje.

Irei até a janela para beber as luzes de mercúrio da praça lá embaixo. Os meus cabelos estarão dançando ao sabor do vento no décimo-segundo andar.

Será quando meus lábios vão cantarolar a cançãozinha. Ela sairá de mim, a minúscula ventania que se liberta, assobiando, como pais à procura da filha dentro do piano de cauda, igual a um chaveirinho perdido, já muito distante, apitando, apitando:

Sofia, Sofia, Sofia... Sofia... Sofia...

Sidney Rocha [sidneyrocha1@gmail.com] nasceu em 21 de setembro de 1965 em Juazeiro do Norte, Ceará. Escreveu os contos de *Matriuska* (2009), de *O destino das metáforas* (2011, Prêmio Jabuti) e de *Guerra de ninguém* (2015), além dos romances *Sofia* (2014), *Fernanflor* (2014), *A estética da indiferença* (2018), e *Flashes* (2020) todos publicados pela Iluminuras.

CADASTRO
ILUMI*N*URAS

Para receber informações
sobre nossos lançamentos e
promoções envie e-mail para:

cadastro@iluminuras.com.br

Este livro foi composto em Minion pela *Iluminuras,*
e terminou de ser impresso, sobre papel off-white
80 gramas.